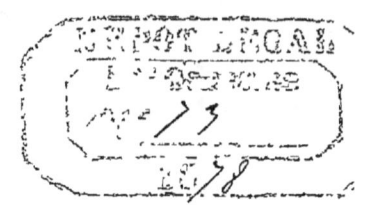

ÉTUDE CRITIQUE

DE

GUILLAUME COLLETET

SUR

LES ŒUVRES DE CLAUDE DE TRELLON

POÈTE TOULOUSAIN

———

Au nombre des manuscrits précieux qui furent consumés lors de l'incendie de la Bibliothèque du Louvre, en mai 1871, s'en trouvait un bien connú des lettrés. Il avait pour titre : *Les Vies des Poètes françois* et tout le monde sait que Guillaume Colletet en était l'auteur.

Plusieurs écrivains ont pensé qu'en reproduisant les nombreux articles de Colletet, publiés par les biographes, dont ce manuscrit était un peu le Bréviaire, on ferait une chose utile qui permettrait de reconstituer, en partie du moins, l'œuvre détruite par la torche des incendiaires.

La question que nous soulevons ici a été si bien traitée par M. Tamisey de Larroque, dans son livre sur *les Poètes gascons de Guillaume Colletet*, que nous y renverrons les lecteurs désireux de bien apprécier les avantages d'un semblable travail. C'est même pour répondre à l'appel de l'infatigable érudit que nous publions ces lignes afin de lui apprendre, s'il ne le sait déjà, que dès 1846, M. Péricaud avait publié une curieuse étude de Colletet, concernant les œuvres de Claude de Trellon. Les *notes et documents* (1) de M. Péricaud n'étant pas encore très-rares, nous hésitions à faire réimprimer cette page curieuse, lorsqu'une question de clocher a fait disparaître nos hésitations ; Claude de Trellon était toulousain.

Ce qu'il y a de fort singulier, c'est que à part les modestes auteurs d'une biographie de province, que nous citerons tout à l'heure, les rares écrivains qui se sont occupés sérieusement de Claude de Trellon, ont gardé le silence sur le lieu de sa naissance, ou se sont trompés, à cet égard, dans leurs appréciations. C'est ainsi, par exemple, que l'abbé Goujet et M. Viollet-Le-Duc, dans les pages qu'ils ont consacrées aux élucubrations poétiques de ce rimeur fanfaron, prétendent qu'il était angoumois.

Ni l'un ni l'autre, d'ailleurs, n'ont connu le manuscrit de Colletet, car, s'ils l'avaient lu, ils n'auraient pas manqué d'en signaler et d'en reproduire le début. Il est ainsi conçu :

« CLAUDE DE TRELLON NAQUIT A THOLOSE EN PROVENCE... » (2).

---

(1) Péricaud. *Notes et documents pour servir a l'histoire de Lyon*. 1846. in-8°. pag. 33-37.

(2) La mémoire de Colletet a évidemment fourché ; trompée par l'espèce d'assonance qui existe entre les

Afin de contrôler cette assertion, M. Péricaud consulta la *biographie toulousaine*, mais n'y ayant pas trouvé le nom de TRELLON, il a constaté sa déconvenue dans la note que voici : « Le nom de TRELLON a été omis dans « la *biographie toulousaine*, publiée en 1825, « où l'on ne trouva pas, non plus, un autre « poète du même nom qui était conseiller « au Parlement de Toulouse et qui figure « dans le dictionnaire de Philippon-la-Ma- « deleine. »

Monsieur Péricaud ne chercha pas bien. S'il avait feuilleté le volume de la *Biographie toulousaine*, qu'il avait entre les mains, il aurait trouvé, quelques pages avant celles qu'il avait parcourues, un article portant ce nom : TERLON OU TRELON (sic), suivi de plusieurs notices, parmi lesquelles il aurait reconnu celles des Trellons qu'il réclamait et celles de plusieurs Trellons qu'il ne cherchait pas.

Tous les TERLONS, TRELONS OU TRELLONS, sont sortis de la même souche. Le premier en date, Claude de Terlon, ou Trelon, d'une ancienne famille, était né en 1525 (1). Avocat

---

noms de *Toulouse* et de *Toulon*, elle a pris l'un pour l'autre.

(1) Le livre rouge des Jeux-Floraux nous apprend « dans la délibération du Dimanche second May 1540. . que le Gauch (le Souci) serait baillé à Maistre Claude TRELON.... »

La *biographie toulousaine* fait naitre Claude Terlon en 1525 ; elle s'est trompée puisque Terlon n'aurait eu que 15 ans quand il fut couronné. L'Académie accordait quelquefois, il est vrai, des fleurs, un œillet, une branche de laurier, etc., à des enfants-poètes, à des petits prodiges, mais elle ne leur donna jamais *La Souci*.

distingué du barreau de Toulouse, membre du collége de la Gaye Science, et devenu Capitoul en 1555, il fut envoyé par la ville comme député aux Etats du Royaume assemblés à Orléans en 1559. Il mourut, durant la Ligue, peu de temps après l'assassinat de Duranti, vers l'an 1590.

Son fils aîné, il s'appelait Claude, comme son père, fut le soldat-poète qui nous a mis la plume à la main. Il naquit à Toulouse mais on ignore la date de sa naissance et celle de sa mort. « Destiné à la profession « des armes, il s'adonna également à la lit- « térature, et les soins que Mars exigeait, « — ajoute, *poétiquement*, un de ses biogra- « phes, — ne le distraisirent (!!!) pas du « commerce des Muses. »

Très jeune encore il quitta sa famille :

« J'avais quinze ans à peine alors que le malheur
Me fit abandonner le lieu de ma naissance. »

A-t-il dit quelque part.

Nous ignorons quel est le malheur qui l'obligea de quitter Toulouse, et de se faire soldat. Quoiqu'il en soit, nous savons qu'il servit sous les ducs de Nemours, de Guise et de Joyeuse

En 1587, il était à la bataille de Coutras, où le duc de Joyeuse, son protecteur, fut tué. On prétend même que désespéré de

---

D'ailleurs elle avait toujours le soin de mentionner cette particularité dans ses délibérations. Elle ne l'a pas fait dans la circonstance dont nous parlons, mais elle nous a donné les noms des candidats « qui furent mis à l'exa- men. » Les triomphateurs furent Claude Trelon, Toloain et Jean Rus, Bourdeloys.

cette perte il fut sur le point d'endosser le froc de Saint-François. Il se consola, pourtant, et devint peu de temps après un ligueur déterminé.

Colletet pense qu'il est mort en 1594, « bientôt après l'entrée d'Henri IV à Paris. » Il se trompe car, selon l'abbé Gouget, Claude de Trellon vivait encore en 1577, lors de la publication de ses œuvres dont il avait cédé le privilége à Thibaut Ancelin, imprimeur de Lyon.

En terminant cette courte notice, que complèteront amplement les détails renfermés dans l'article de Colletet, nous croyons devoir faire remarquer la manière dont on a diversement orthographié le nom de l'auteur de *la Muse guerrière* ; c'est le plus important des ouvrages de Claude de TRELLON.

La *Biographie toulousaine* l'appelle TERLON, et ce nom se trouve écrit de cette manière dans le *Annales de Toulouse* et dans les registres du Parlement de cette ville. Le livre rouge de l'*Académie des Jeux-Floraux* qui cite, sous différentes dates, plusieurs lauréats du nom de TERLON, n'a employé qu'une seule fois, comme nous l'avons dit plus haut, la forme TRELON.

Tous les Biographes, tous les Bibliographes ont invariablement désigné le poète dont nous parlons sous le nom de TRELLON, tel qu'il se trouve imprimé, du reste, dans les nombreuses éditions de ses œuvres.

Quel que soit, d'ailleurs, le motif qui ait engagé Claude de Trellon à modifier ainsi l'orthographe de son nom, son frère seul,

Gabriel de TRELON, suivit son exemple et
signa ses livres, tantôt TRELON, tantôt
TRELLON.

NOTICE DE COLLETET SUR CLAUDE DE TRELLON
POÈTE TOULOUSAIN.

« CLAUDE DE TRELLON naquit à Tholose en
Provence. Quoiqu'il n'eût aucune connais-
sance de l'ancienne, ni peut-être de la mo-
derne poésie, il eut dès sa jeunesse tant
d'inclination à faire des vers qu'à l'âge de 14
ou de 15 ans, comme il dit lui-même, il
composa une bonne partie de ceux que
nous avons de lui. C'est pourquoi je ne
perdrai pas le temps à les examiner, puisqu'estant en un âge plus avancé, il en con-
nut lui-même les défauts et les tâches, et
qu'il supplie le lecteur d'en excuser les rimes licencieuses, se servant assez mal à propos de l'exemple de Ronsard, lorsqu'il dit
qu'à l'imitation de ce grand poète, qui a rom-
pu la glace, il conjure ceux qui le liront de
n'être point trop rigoureux à le reprendre.
Mais ce que Ronsard faisoit par humilité,
Trellon le faisoit par un principe d'orgueil
et de présomption, s'esgalant facilement à
celui duquel il ne valoit pas l'ombre. Aussi,
faisoit-il une autre profession que celle du
poète, puisqu'il faisoit profession de porter
les armes, et de mordre plutôt la poussière
dans un champ de bataille que de mordre la
natte dans une étude et de fourbir plutôt
son harnois que de feuilleter des livres. Il
ne sauroit s'en taire lui-même, c'est-à-dire
qu'il ne sauroit s'empêcher de publier et
d'éterniser son ignorance dans un art, qui,

avec le beau naturel, demande une profonde science pour être dignement traité. Voici comme il en parle au frontispice de son livre :

Je chante à la soldade, et telle est mon humeur :
Je fais profession d'autre que d'un rimeur.
Je ne veux acquérir le renom de poète,
Car ce n'est rien au prix de ce que je souhaite ;
Lecteur. contente-toi, que je chante en soldat,
Et que de faire mieux, ce n'est pas mon état.

« Voire même l'insolence et la bizarrerie d'esprit, l'emportent jusqu'au point de menacer ceux qui s'ingéreront de reprendre ses vers :

Qui que tu sois, lecteur, avant que me reprendre.
Pense bien si je faux en ces vers que j'écris ;
Je porte à mon costé la réponse pour rendre
Confus en un moment les plus savants esprits.

« Après cette menace furieuse, moi qui pour toutes armes offensives et défensives n'ai qu'une seule plume, serois-je bien conseillé d'oser par une juste censure attaquer ce fanfaron de Parnasse. Certes, comme il était d'un naturel bouillant et tout de feu, je craindrois que ses cendres ne vinssent à se ranimer, et à se convertir en fantôme pour m'épouvanter et pour me suivre; et qu'il ne me dit : « Toi qui m'as lu et qui m'as appris dès la plus tendre jeunesse, pourquoi me persécutes-tu ? » En effet, je me souviens que le premier livre de poésie qui soit jamais tombé entre mes mains a été la *Muse guerrière* de Trellon. Je n'avois pas sept ans, que je la sçavois presque entière par cœur. Mais à sept ans je l'avois fort

estimé, je commençoi de le mépriser à
douze, et ce, d'autant plus justement, que ce
fut en ce temps là que je commençoi à lire
les doctes œuvres du grand Ronsard, et les
conférer avec les ouvrages de l'ancienne
Grèce et de la vieille Rome. Après tout,
sans faire le fier ni le glorieux, ce fut par
la lecture des Sonnets de Trellon, que je
reconnus que le Sonnet étoit un petit
poème, de 14 vers, et, par la lecture de ses
élégies, j'appris qu'il y avoit des rimes mas-
culines et féminines, dont la juste alterna-
tive étoit un grand ornement à notre langue. De quelque libertinage dont sa jeunesse fut d'abord accompagnée, je trouve
qu'il ne se départit jamais de sa vraie religion (1), et que ce fut à cause d'elle que,
s'étant puissamment attaché au service du
duc de Guise, il porta les armes contre les
hérétiques et tout le parti de la Ligue (2).

« Quiconque voudra voir le vif tableau de
sa vie et de ses mœurs, n'a qu'à prendre la
peine de lire un discours en vers qu'il
adresse à un de ses amis nommé La . Broüe.
C'est là qu'il peste contre la vie servile de
la cour, et qu'il fait bien paroître que le ciel
l'avoit fait naître libre et mortel ennemi de
la servitude ; c'est là qu'il dit qu'il aime
la guerre jusqu'à ne s'entretenir que d'elle au
sortir des combats, et que l'entretien des dames
et de ses amours est après celui qu'il aime
davantage ; c'est là qu'il déteste la chicane,
et qu'il plaint la misère de ceux que la né-

(1) *Muse guerrière*, p. 92.
(2) Il va dire le contraire tout à l'heure.

cessité des affaires oblige à solliciter des
juges et des avocats, dont il dépeint assez
naïvement l'humeur sourcilleuse et méprisante. Mais c'est là, comme en quelque
autre endroit de ses œuvres, qu'il fait trophée d'un vice qui est directement contraire
au courage et à la vertu d'un homme d'honneur. Il dit que, quand un ami le prie de
porter le poulet, il n'y a point d'homme
au monde qui le fasse plus adroitement
ni plus volontiers que lui. Et ensuite il
prouve bien ou mal que ce que l'on appelle maquerellage n'est qu'un défaut qui
naît dans l'opinion du monde et des froids
amis du temps, soutenant qu'un galant
homme doit aimer ses amis jusqu'au point
de travailler ardemment pour eux à la corruption de la pudicité même. Voilà, certes,
des sentiments fort étranges et bien dignes
d'un homme qui ne fondoit son honneur que
sur la pointe de son épée, et qui croyoit que
la vraie vaillance consistoit à terrasser la
vertu des femmes aussi bien que le courage
des hommes. Mais, de quelque libertinage
dont sa jeunesse d'abord fut accompagnée,
je trouve qu'il ne se départit jamais de la
vraie religion, et que ce fut pour l'amour
d'elle plutôt que pour l'intérêt de sa fortune, que s'étant puissamment attaché au
duc de Guise, il porta les armes contre le
roi Henri IV, se déclara capital ennemi
des hérétiques, et soutint hautement le
parti de la Ligue.

« Ses œuvres imprimées à Lyon in-12,
l'an 1594, sont divisées en trois parties ;
la première contient la *Muse guerrière* dont

j'ai déjà parlé, qui fut pour la première
fois imprimée in-8, chez l'Angolier (sic),
et qui l'a presque été depuis dans toutes
les villes de France, tant cet ouvrage fut
bien reçu pendant les divisions et les fu-
reurs civiles de ce royaume. Les vers en
sont doux et naturels, et puis c'est tout.
Car quant à la beauté de la diction et à la
force et sublimité des pensées, ce sont
des étoiles qui lui furent inconnues, et que
tout homme de bon sens n'ira jamais cher-
cher chez lui. Ce livre est pour le peuple,
qui n'approuve guère que ce que condam-
nent les bons esprits et les honnêtes gens.
Et pour ce qu'il est aussi commun sur toutes les boutiques des libraires que pas un
autre qu'ils y étalent, je m'abstiendrai d'en
citer ici pas un vers. Je dirai seulement
que ses stances contre l'amour et l'incons-
tance des femmes, que ses autres* stances
de la malheureuse condition de ceux qui
suivent les grands (p. 44), que son testa-
ment en vers, qu'entre ses chansons (p. 74)
celle qui commence :

Alors que mon cœur s'engage,
Ce n'est sinon pour un jour ;

qu'entre ses sonnets pour Sylvie, qu'il a
taché de rendre immortelle par ses vers,
celui qui commence ainsi :

Nature a fait ici des miracles fort grands,
Mais non pas aussi grands ni si beaux que Sylvie ;
Elle donne la mort, elle donne la vie,
Et arreste les cœurs qui sont les plus errants...
                                        (Livre 11, p. 190),

et finalement que son Discours de l'amoureux succès de l'auteur à un de ses amis,

sont des ouvrages qui semblent un peu plus
élevés que le reste, et qui sont plus sup-
portables à ceux qui ne sont pas dans la
souveraine critique. Je mets encore en ce
rang le sonnet par lequel il veut persuader
à sa maîtresse (83) que pour être mal
vêtu elle ne doit pas le mépriser :

Vous me dites toujours qu'à me voir mal vestu,
On pense que je suis quelque homme de village ;
Faites qu'un mieux vêtu me tienne ce langage,
Je le rendrai bientôt à vos pieds abattu...

et le reste qui n'est pas mauvais. Ainsi
j'apprends par ses vers qu'il étoit mal cou-
vert, mais encore qu'il étoit accablé de pau-
vreté ;

Je suis pauvre de bien, mais riche de courage (283)...
et ailleurs :
Je porte sur mon corps tout ce que j'ai vaillant (241)..

et en un autre endroit :

Mais ce qui plus me fasche,
C'est que je suis malade, et je n'ai point d'argent.

et quelquefois il ne pouvoit aller à la guerre, faute de cheval, témoin le sonnet qu'il
adressa sur ce sujet à ce grand favori du
roi Henri III, le duc de Joyeuse, pendant
le voyage de Courtras (sic), et dont voici le
commencement :

Je ne me fasche point de coucher sur la dure,
Ni de porter toujours le harnois sur le dos ;
Le plus grand déplaisir qui me ronge les os,
C'est qu'ores au besoin je n'ai point de monture...

et ensuite, il lui en demande une d'assez bonne grâce pour obtenir l'effet de sa
requête.

« La seconde partie de ses œuvres est
intitulée la *Flamme d'amour*, divisée, en
deux livres, dont le premier contient plusieurs vers amoureux, un long et assez
agréable discours sur la mort du duc de
Joyeuse en la bataille de Courtras, des stances assez passables sur la mort du comte
d'Ambijoux (sic), son bienfaiteur, avec un
assez beau discours en prose qui porte pour
titre *Histoire de Padre Miracle et de l'Amour
fortuné* ; le tout écrit d'un style véritablement assez fluide et assez net, mais non
pas beaucoup relevé. Le second livre contient un amour d'une autre dame pour laquelle il estoit passionné et qu'il a célébrée
sous le nom sauvage de Coraline. Il semble
que dans ses derniers amours il ait tâché
de s'élever et de mêler agréablement la
fable à l'histoire. Mais en cela son désir
est sans doute plus louable et plus noble
que l'exécution n'en est heureuse. Quoi que
fasse un esprit qui n'est pas né pour les
grandes choses, à peine veut-il monter au
ciel qu'il est bientôt contraint de descendre
et de ramper sur terre. Ce livre contient
comme les autres des sonnets, des stances,
des discours et des élégies.

« La troisième partie de ses œuvres est intitulée l'*Hermitage de Trellon*, ce sont des
vers spirituels et de dévotion, des paraphrases
de quelques psaumes de David, des lamen-
tations en prose, des prières ferventes à Dieu
pour l'expiation de son péché. En un mot,
s'il a été aussi véritablement contrit et re-
pentant qu'il le fait paroître, je ne doute
point qu'il ne soit mort, non-seulement en

soldat chrétien, mais encore en homme saint
et tout-à-fait résigné à la volonté de Dieu.
Ceux qui prennent plaisir à détourner les
yeux des vanités du monde, peuvent bien
les arrêter ici, car il ne les dépeint de toutes leurs couleurs que pour les rendre odieu-
ses et méprisables. O Dieu ! si la fougue de
l'âge, ce mépris de vos saintes lois et la malheureuse commodité de pêcher me l'a fait
quelquefois imiter dans ses offenses, faites-
moi désormais la grâce que je le puisse imiter dans son repentir, et me faites répandre
tant de larmes que les tâches de mes mau-
vaises habitudes en soient pour jamais effa-
cées devant les yeux de votre justice, ou du
moins devant ceux de votre bonté. Comme
ses derniers vers ont un sujet plus noble et
plus saint que ses premiers, ils sont aussi
plus vifs et plus perçants. Il semble que ce
soit l'esprit de Dieu qui les ait inspirés pour
sa gloire et pour son salut. Il paroît assez,
par la lecture de ses vers et de sa préface
en prose qu'il avait résolu de changer sa
cuirasse en un froc, et son épée en un bréviaire, mais qu'il en fut diverti par la con-
sidération de ses propres péchés, qui est
une raison bien extraordinaire qu'il forti-
fie de quelques raisons spirituelles. Quoi
qu'il en soit, il est croyable qu'après avoir
conçu un si grand mépris du monde et de la
cour, il en véquit depuis fort éloigné, et
que toute sa pensée ne fut plus que les
peines éternelles de l'enfer, et l'éternelle
béatitude du paradis.

« Il mourut assez âgé, et, comme je crois,
quelque temps après la réduction de Paris en

l'obéissance du Roi, ce qui advint l'an 1594.
A propos de quoi je n'oublierai pas de dire
qu'il composa encore un autre livre en vers
imprimé à Lyon in-8°, qu'il intitule *le Li-*
geur repenti. Ce livre contient... *cœtera de-*
sunt. (Péricaud. *Notes, etc.*, Lyon, 1846, in-8°
p. 33-37.)»

Puisque nous avons prononcé le nom de
Gabriel de Trelon, nous allons mettre à pro-
fit les notes que nous avons recueillies sur
lui et sur plusieurs membres de sa famille,
en faisant nos recherches concernant Claude
de Trelon, le poète.

Gabriel de Trelon était le frère cadet de
Claude. La biographie toulousaine le nomme
de Terlon. On ignore la date de sa naissance
Nous savons qu'il obtint, en 1564 ? 1566, et
1568 les fleurs d'Isaure, qu'il devint mainte-
neur des jeux floraux et, qu'en cette qualité,
il fut chargé, en 1604 de faire aux Capitouls
la semonce accoutumée. Nous savons aussi
qu'il fut nommé conseiller au Parlement de
Toulouse, et qu'il mourut en 1611.

Faute de renseignements plus précis, nous
allons reproduire, sans y changer un seul
mot, la courte et maigre apologie que la
Bibliographie toulousaine a faite sur son
compte :

«... Il écrivit beaucoup ; on a conservé
» de lui principalement un volume in-12,
« renfermant un seul poème en six livres,
« ayant pour titre : *Chants des vertus.* La
« froideur du sujet et la pesanteur du style
« invitent peu à le parcourir ; ce qu'il peut
« y avoir de meilleur, est l'intention : on
« l'apprécie, mais on ne lit pas l'ouvrage.»

Nous n'avons jamais vu le poème de Gabriel de Trelon. Il est aujourd'hui fort rare. En voici le titre exact ; nous l'empruntons, à Brunet qui l'a relevé sur un exemplaire payé 14 fr. 50 à la vente Veinant :

Six Chants des vertus, euvrage françois du sieur de Trelon, conseiller du Roy en sa cour de Parlement de Toulouse, dédié à Mgr le duc de Joyeuse. — *Paris Guill. Bichon* 1587. in-12 de XVI fl. prélim. 112 fl. chiffrés et deux autres non-chiffrés.

Ce livre, publié en 1587, et dédié au duc de Joyeuse, parut donc peu de temps avant la bataille de Coutras. L'attachement des deux frères pour le duc de Joyeuse prouve, comme nous l'avons déjà dit, qu'il était le protecteur de la famille Terlon.

Un volume, tout à fait inconnu, et quelques notes recueillies récemment, confirment l'assertion du biographe toulousain qui prétend que Gabriel de Trelon écrivit beaucoup.

Ce volume appartient à la bibliothèque de Toulouse. Il a pour titre : DISCOURS SUR LES DUELS, avec l'arrest de la cour du Parlement de Tholose, faict sur iceux : Au très-chrétien Roy de France et de Navarre, Henry IIII. *A Tolose, chez la vefve de Jacques Colomiez imprimeur de l'Université, devant S. Orens,* 1602. *Avec permission et privilége de la Cour de Parlement,* petit in-8° de 80 fl. chiffrés au recto seulement.

L'arrêt de la Cour de Parlement de Tolose, indiqué sur le titre du livre, est daté du mois de décembre 1601 ; il en occupe les feuillets 77 et 78. C'est pour affirmer en quelque sorte l'excellence et la nécessité de cet Arrêt, que Gabriel de Trelon, comme il le dit lui-même, « en a faict un Discours. »

Une circonstance cruelle, la mort d'un neveu, jeune encore, tué en duel, fut le mobile puissant qui l'engagea à écrire son livre. Voici le passage dans lequel il rappelle ce triste événement :

« Trahistres Duels ! Je les puis bien ap-
« peller ainsi, veu les trahisons et les artifi-
« ces qu'on y pratique, et particulièrement
« parce qu'on m'y trahit meschamment un
« mien Nepveu, sortant à peine de son en-
« fance, le plus accomply d'esprit et de cou-
« rage qu'on ait jamais assassiné ; qui eust
« honoré sa patrie et que j'aimoy comm'une
« partie de mes entrailles, pour y reco-
« gnoistre quelque chose de moy. Belle et
« gentille âme, tu feras finir mon discours,
« et recommencer mon regret ! »

Le *Discours des Duels,* dont nous venons de donner un échantillon, contient une longue amplification sur les duels dont les historiens anciens et modernes, sacrés ou profanes, nous ont raconté les sanglantes péripéties. Il est malheureusement écrit dans une langue qui a la prétention d'être française, mais qui, enveloppée encore dans ses langes romano-patois (6), se traîne péniblement au milieu des incertitudes et des hésitations.

----

(6). C'est vers le milieu du XVIe siècle que la langue française fut admise dans les concours du *Collége de la Gaye Science.* Peu de temps après, en 1555, le corps académique donna le titre de *Jeux-Floraux* à cette institution littéraire.

En parcourant cette fastidieuse disserta-
tion, nous nous sommes rappelé le jugement
sévère porté par le biographe toulousain sur
le poème du même auteur, et si ses vers
ne valent pas mieux que sa prose (1), nous
ne pouvons que souscrire à l'arrêt porté contre lui.

La législation contre les Duels préoccupa
longtemps, à ce qu'il paraît, Gabriel de
Trellon ; voici le titre d'un discours prononcé
cé par lui, à ce sujet, dans le Parlement de
Toulouse :

Aduis sur la présentation de l'Edit de S.
M. contre les Duels, prononcé au Parlement
de Tholose par G. de Trellon. *Paris, Fouet,
1604. in-8°.*

Nous ne connaissons pas ce *Discours* et
nous ignorons même dans quel catalogue
nous avons relevé son titre.

---

(1). Les bibliographes seuls, croyons-nous, se sont occupés de l'histoire des erratas. Leur étude, au point de
vue grammatical, et littéraire, ne serait peut-être pas
dénuée d'intérêt ; et si jamais un écrivain fantaisiste se
décide à l'entreprendre, nous l'engageons à ne pas ou-
blier le curieux avertissement qui se trouve en tête de
l'errata du *Discours des Duels* :

AV LECTEVR

« Lecteur, les loys de quelque constante orthographe
et les marques de l'interpunction, qui sont de telle im-
portance pour la perspicuité d'vn discours, n'ont peu
estre si parfaictement observées, qu'avoit ordonné l'Autheur, bien qu'assés distraict de plusieurs occupations ;
lequel y a trouvé encore de l'altération et mutation en
certaines paroles. Cette faute vient d'vn défaut, au-
quel il sera pourveu par vn'autre édition plus élaborée,
laquelle, peut-estre, obtiendra de l'Autheur, (qui ne veut
faire rien voir soubs son nom, que touts n'y soit) quelque
espi de sa moisson. » — Ouf !

Gabriel de Trelon laissa un fils, connu
sous le nom du chevalier de Terlon, et dont
tous les biographes ont parlé. « Il se pous-
« sa, disent-ils, par son mérite, il fut gen-
« tilhomme du cardinal Mazarin, et cheva-
« lier de l'ordre de Saint-Jean de Jérusa-
« lem. » Plus tard, il devint ambassadeur
de France près le Roi de Suède Charles Gus-
tave. « La Reine Christine, ajoute la *Biogra-*
« *phie Toulousaine*, avait connu Terlon, et
« l'aimait ; elle entretint avec lui un com-
« merce de lettres, qui ne fut interrompu
« que par la mort de cette princesse. »

Cette assertion nous autorise à croire que
le chevalier de Terlon a été le héros d'un
petit roman, dont nous allons donner le titre, et que le hasard a mis sous nos yeux :

Les Aventures galantes du chevalier de
Thémicourt par Madame de ***. (Bédacier,
née Durand (1). *A Lion* (sic) *Chez Hilaire
Baritel, rue Mercière. à la Constance*, 1706.
*Et se vend à Bruxelles, chez Jean Bapt. de
Leeneer, sur le Marché au Bois*. Pet. in-12
à la Sphère. 119 pp. (2).

Le chevalier de Terlon a laissé des *Mémoi-
res* qui ont été imprimés plusieurs fois. Ils
parurent à Paris, en 1681. Ils sont faible-
ment écrits et comprennent les événements
arrivés en Pologne et en Suède depuis 1650
jusqu'à 1661.

---

(1) Ces mots, tracés au crayon, se trouvent sur le
titre de l'exemplaire que nous avons eu entre les
mains. Barbier ne donne que le nom de Durand.

(2) L'ouvrage avait paru en 1700 à Paris, chez Pierre
Ribou, qui fit part de son privilége à Hilaire Baritel.

On croit que le chevalier termina ses jours vers 1690.

Le Livre rouge des Jeux Floraux nous apprend encore qu'un Pierre de Terlon, de Toulouse, obtint, en 1580, une petite fleur.

Nous savons, enfin, que le 30 mars 1639, un Pierre de Terlon fut nommé conseiller au Parlement de Toulouse. C'était très-probablement le jeune lauréat des Jeux Floraux, couronné en 1580. Nous avons bien cherché, mais nous n'avons rien appris sur ses faits et gestes.

DESBARREAUX-BERNARD.

TOULOUSE, TYP. MONTAUBIN, PETITE RUE SAINT-ROME, I.

www.ingramcontent.com/pod-product-compliance
Lightning Source LLC
Chambersburg PA
CBHW061521170626
46811CB00004B/1786